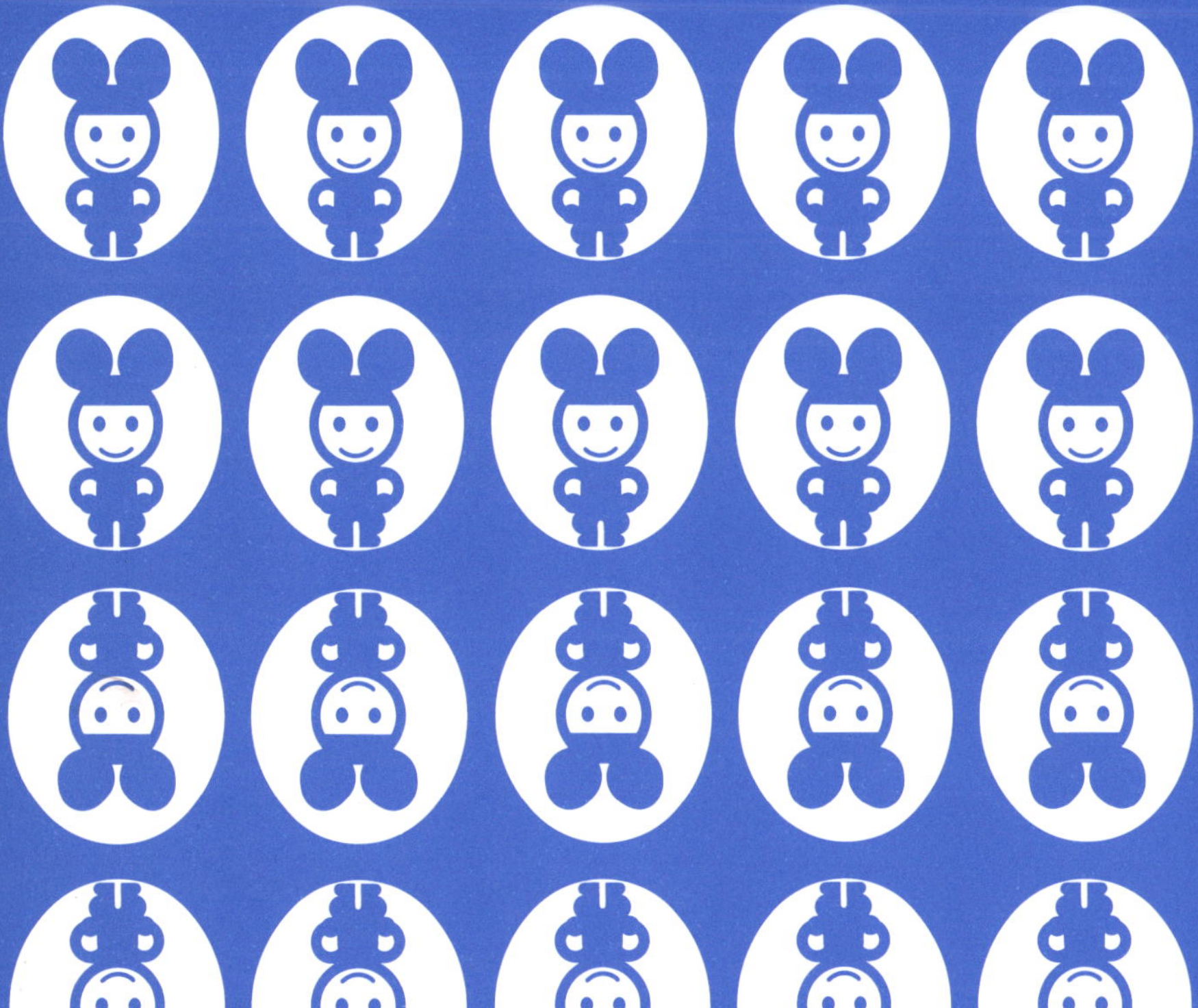

オリンピックのおばけずかん

ビヨヨンぼう

斉藤《さいとう》 洋《ひろし》・作　宮本《みやもと》えつよし・絵

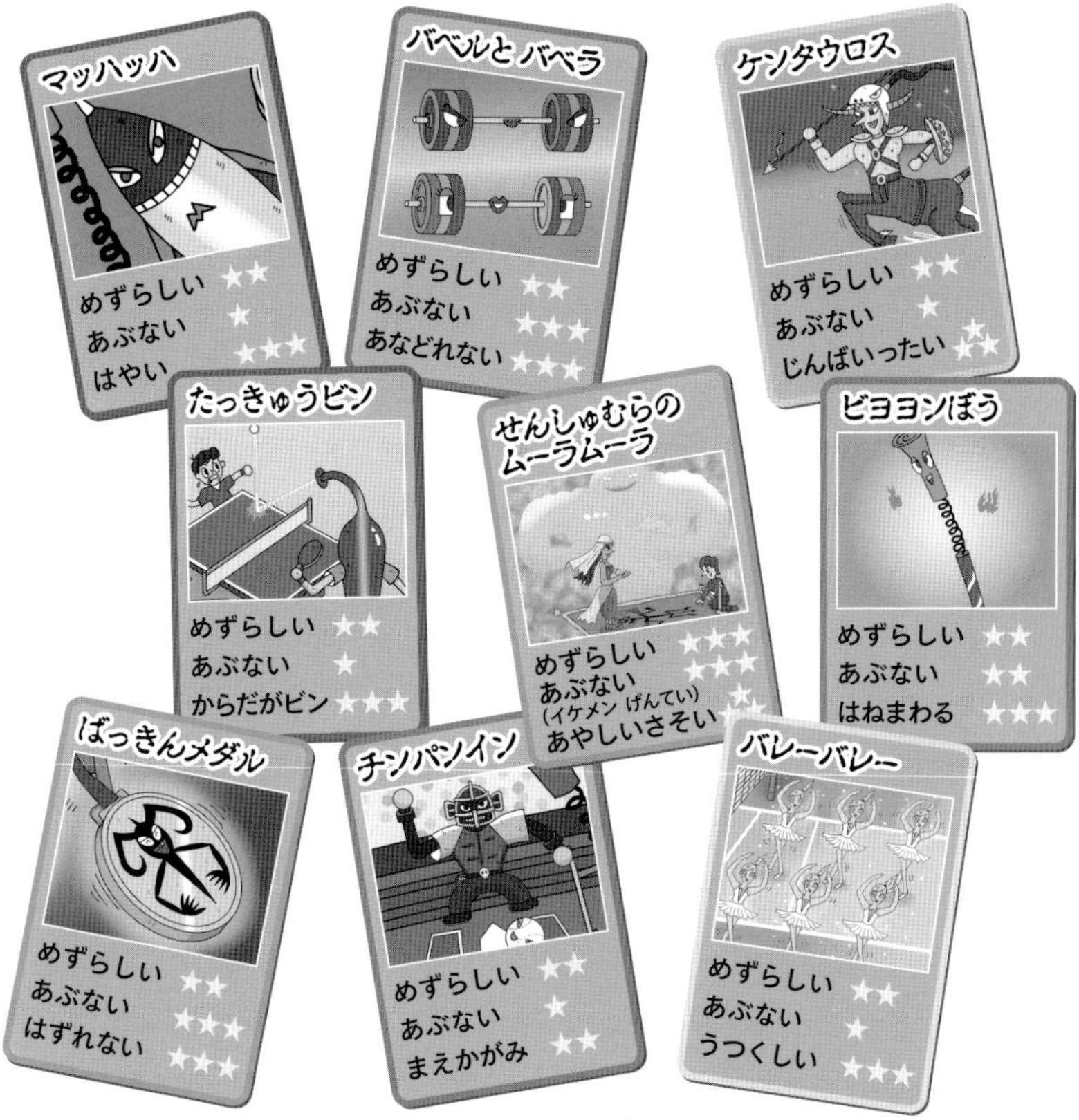

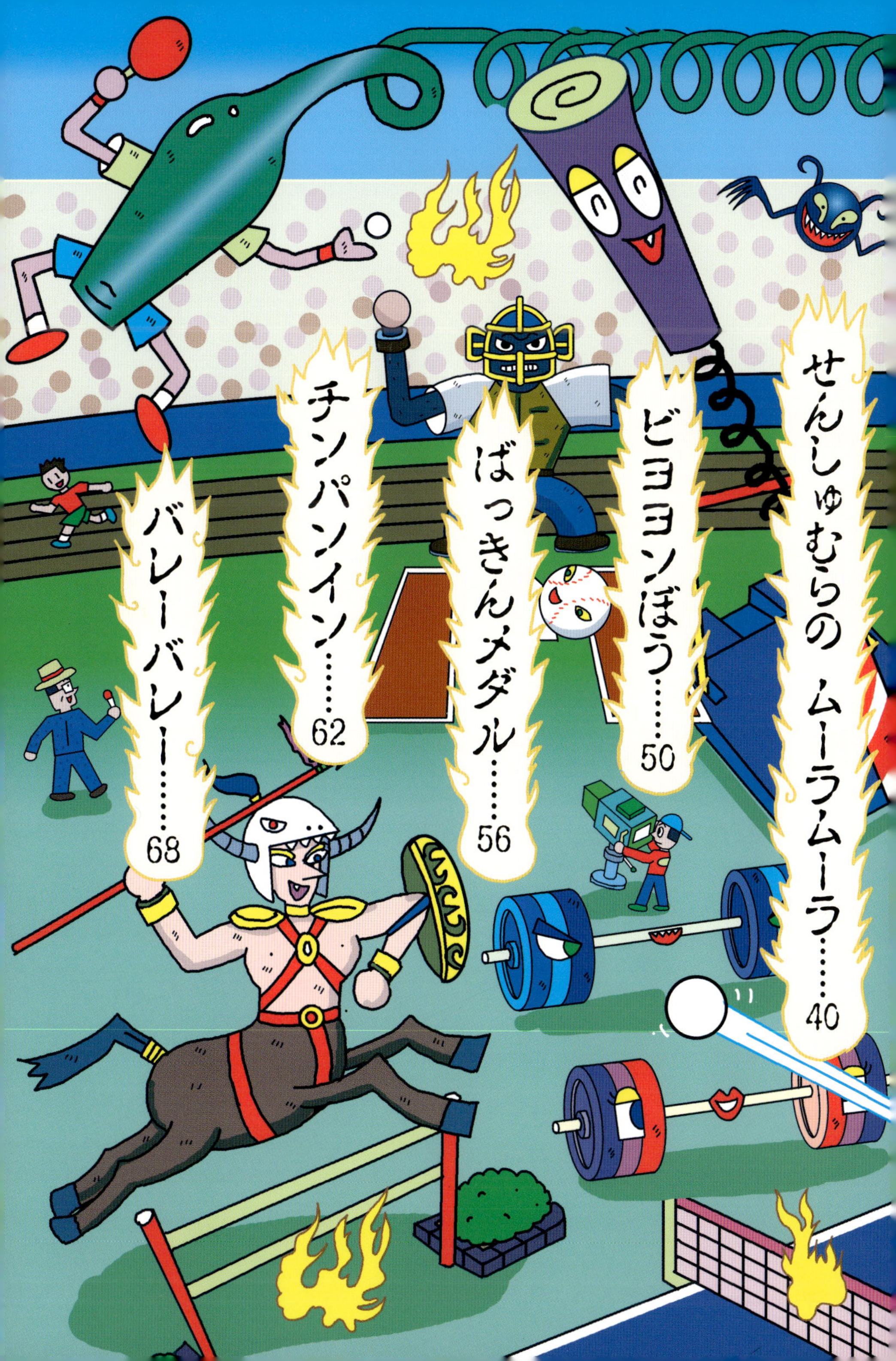

マッハッハ

百《ひゃく》メートルきょうそうで、
せんしゅたちが　スタートラインに
ならんだ　とき、よく　みると、ひとり、
ものすごく　はやそうな　せんしゅが
いる　ことが　あります。

9
8
7
6
5

ドンと　ピストルの　おとが　なると、
その　せんしゅは　きえて、
スタートラインから　ゴールに　むかって、
わらいごえが　ひびきわたります。

マッハッハーッ！

つぎの　しゅんかん、スタートで
きえた　せんしゅが　りょうてを　ひろげて、
ゴールを　つうか！
タイムは、九《きゅう》びょうだいどころか、
〇・三《れいてんさん》びょう！
これが　おんそくおばけ
マッハッハです。

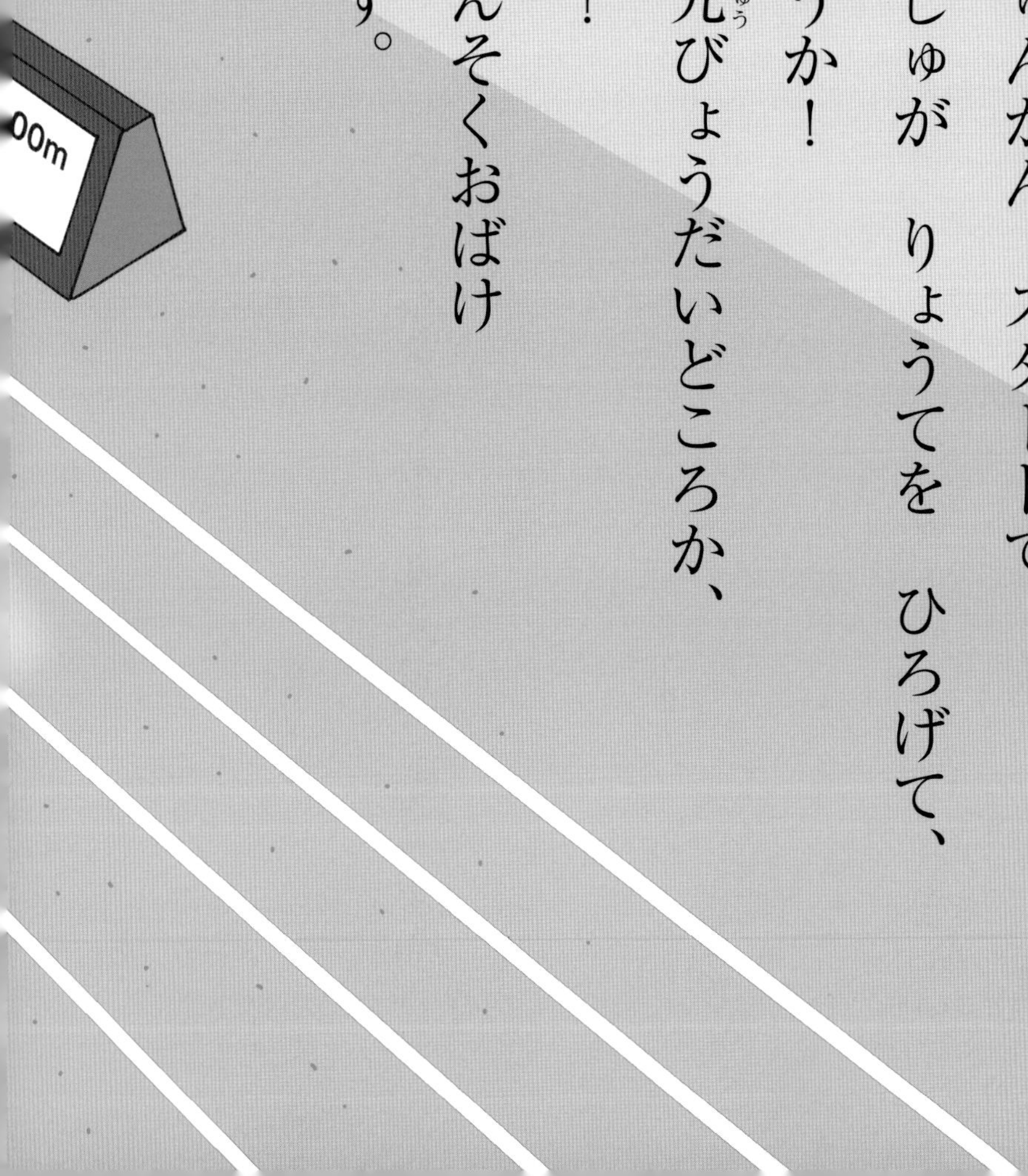

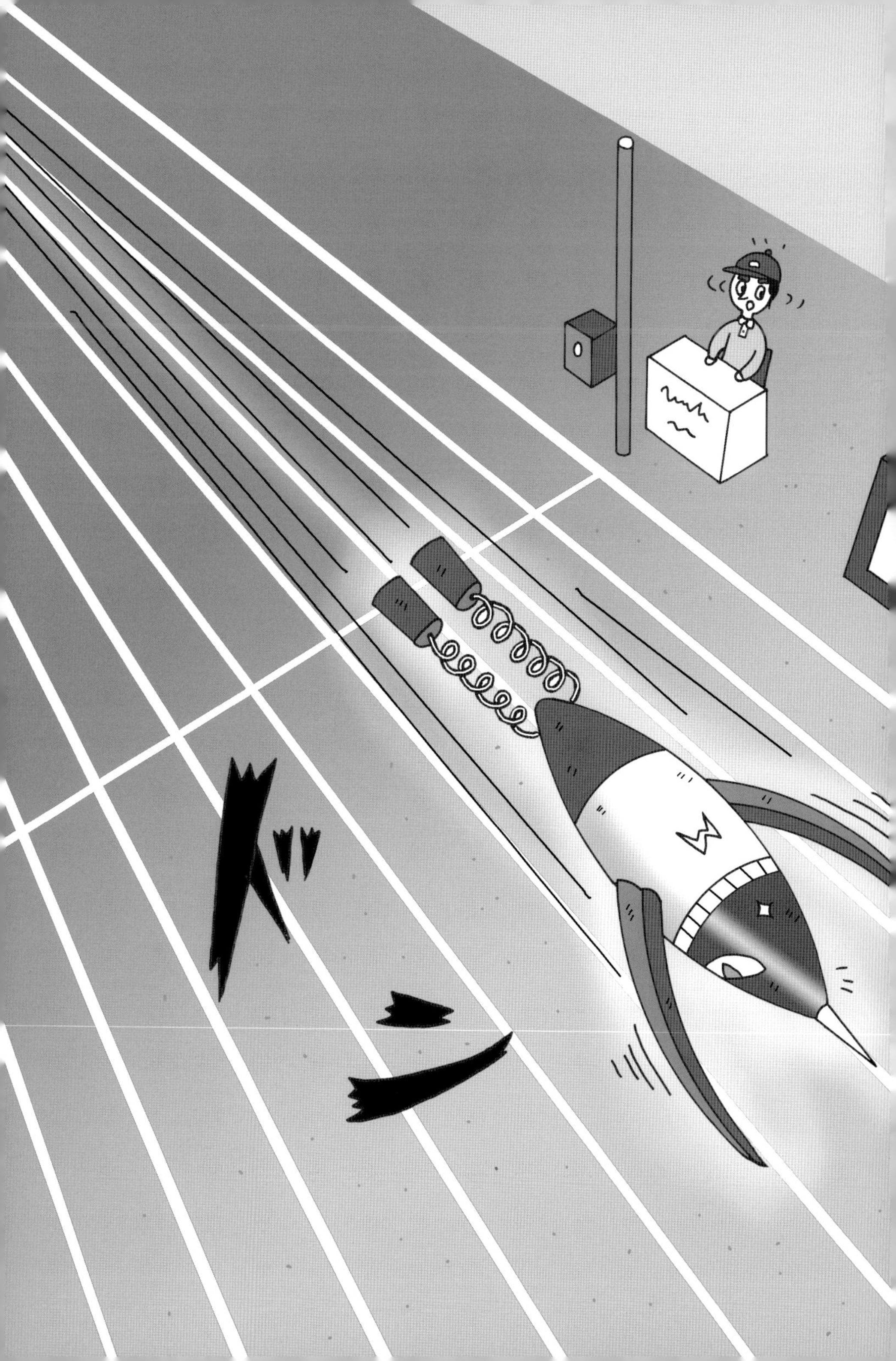
ドン

九《きゅう》びょうごに、ほかの　せんしゅたちが
つぎつぎに　ゴール！
でも、どんなに　はやく　はしって　きても、
もう　ておくれ……と　いうか、あしおくれ。
きんメダルは　マッハッハの　ものです。
だから、わらって　いても、だいじょうぶ！

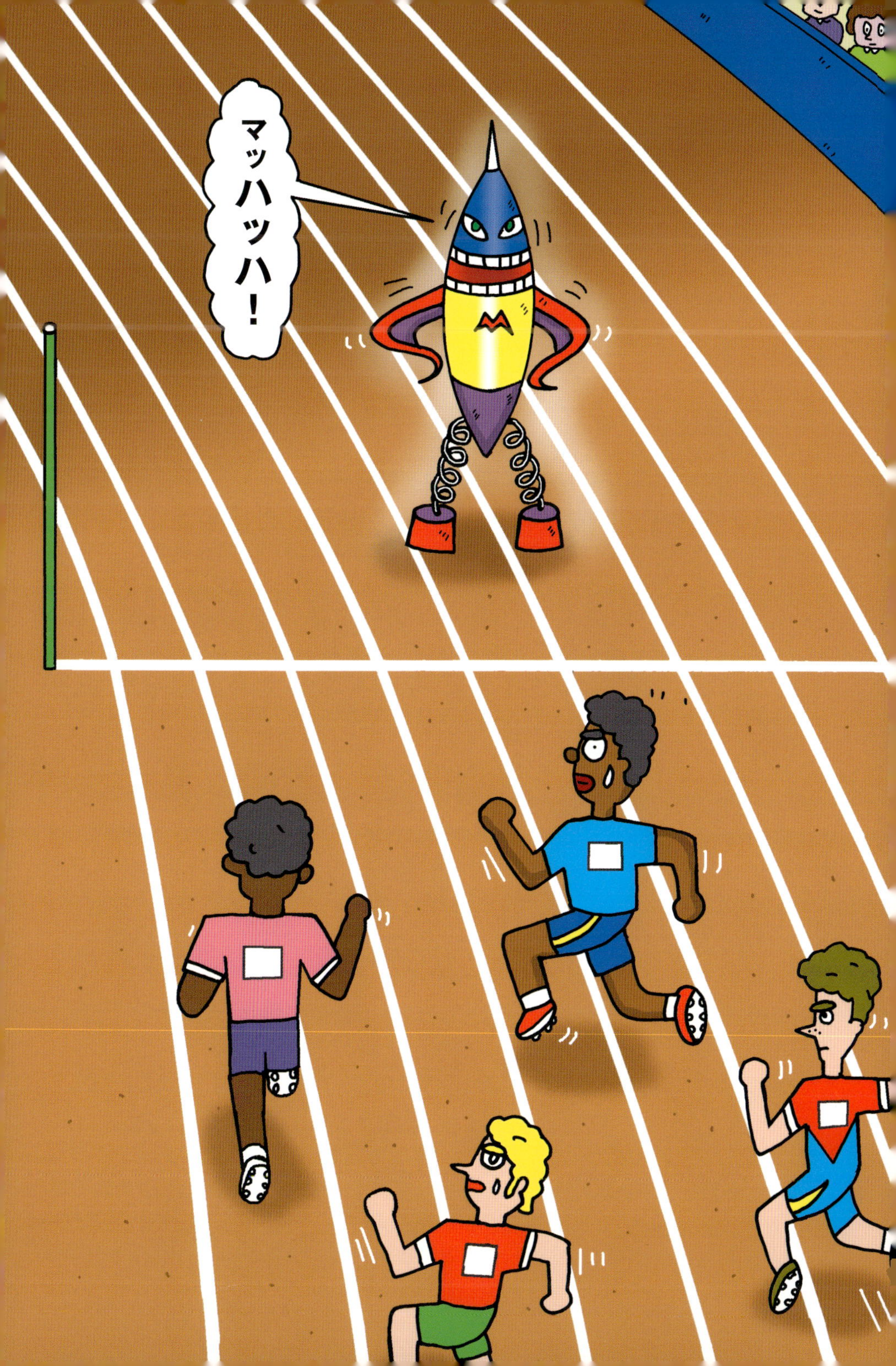
マッハッハ！

バベルと バベラ

バベルと バベラは じゅうりょうあげに
つかう バーベルの ふたごの おばけです。
バベルが おにいさんで、バベラが いもうと。
とくちょうは ほかの バーベルより
おおきい ことです。

おにいさんの　バベルは　ものすごく　おもく、
がんばって　あげようと　しても
びくとも　しません。でも、ただ
それだけの　ことです。
むりに　あげようと　して、こしを
いためなければ、だいじょうぶ！

いもうとの　ババラは　とても　かるくて、
バーは　ちょっと　にぎるだけで、すぐに
かたまで　あがります。
きょうは　ちょうしが　いいなあ……、
なんて　おもって、その　まま……。

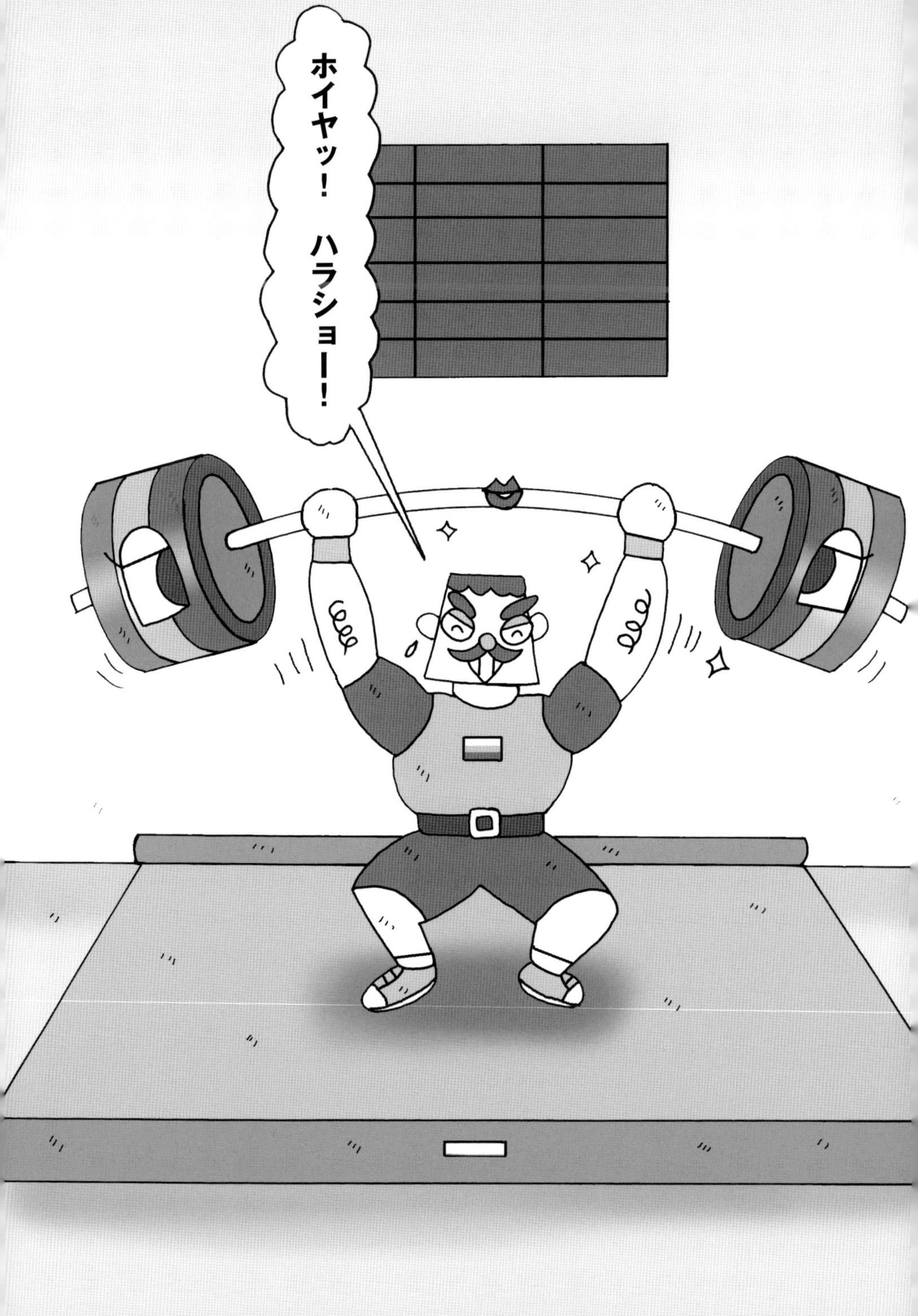
ホイヤッ！　ハラショー！

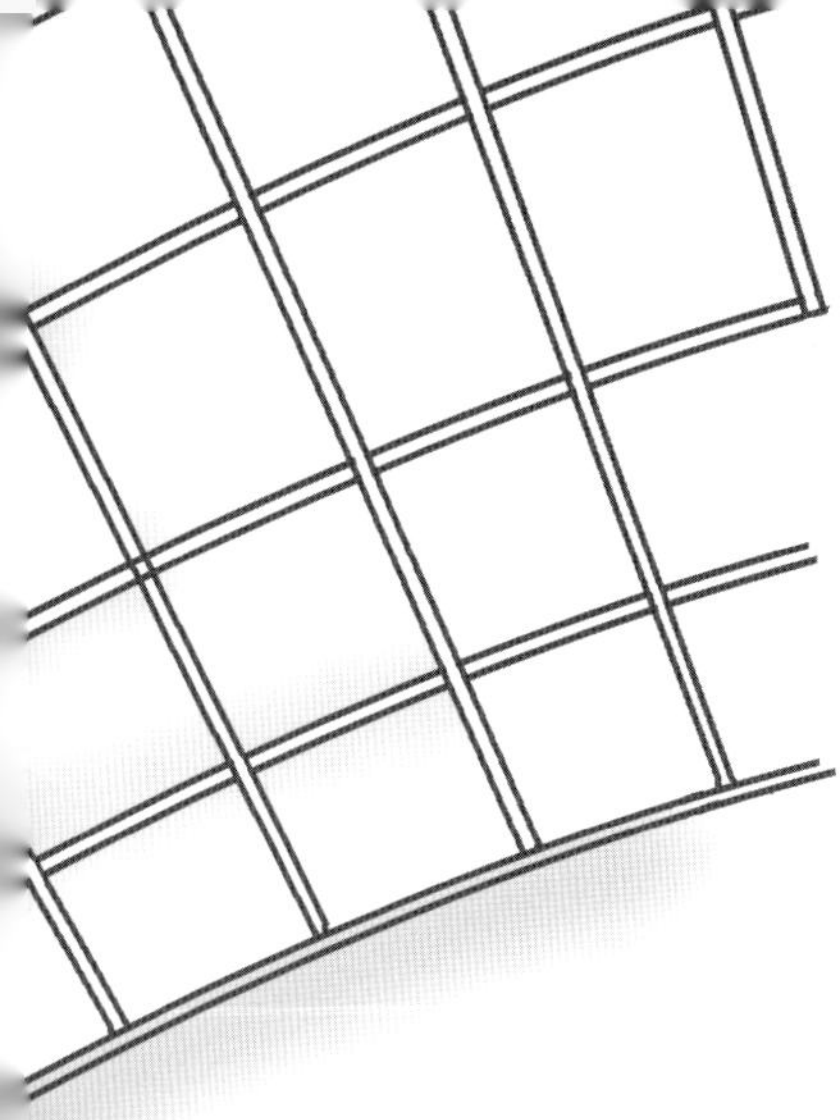

あたまの　うえまで　あげると、ババラは
くうきより　かるく　なって、まるで
ききゅうみたい。
バーを　にぎって　いる　せんしゅを
くうちゅう　たかく　ひきあげて……。

てんじょうを　やぶり、ずんずん　たかく
のぼって　いって、やがて　そらの　かなたに
きえて　しまいます。
どこに　とんで　いったのかって？
さあ、かえって　きた　ひとは　いないので、
それは　わかりません。
そんな　ふうに　ならない　ためには……。

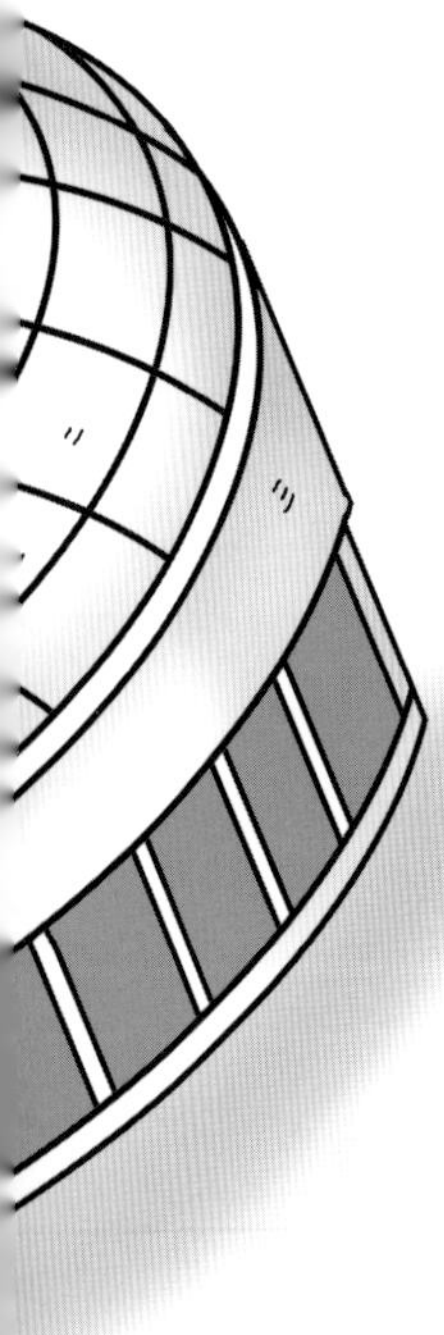

ダスヴィダーニャ！

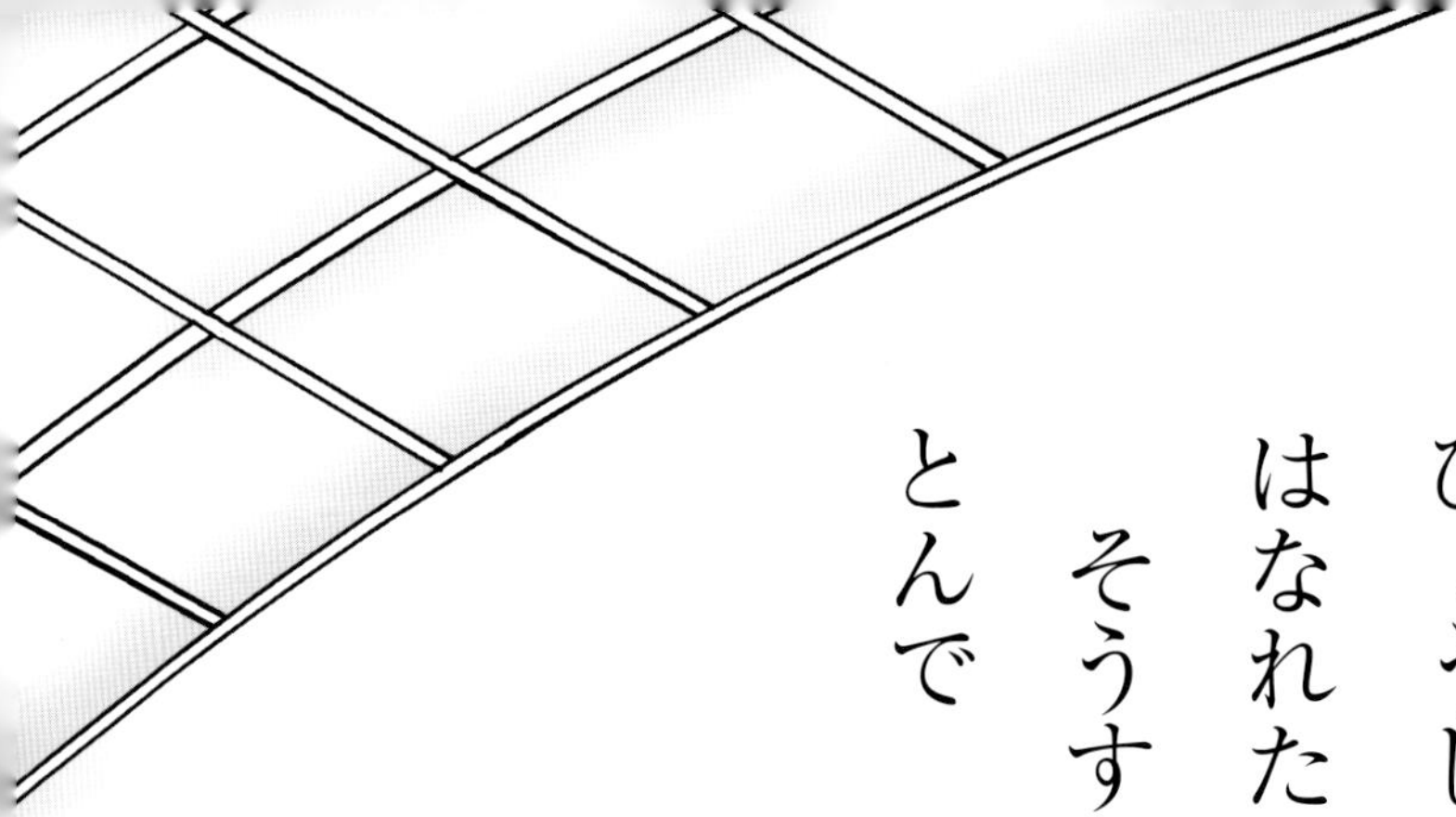

バーベルを　あたまの　うえに　もちあげた
ひょうしに、りょうあしが　ゆかから
はなれたら、すぐに　てを　はなしましょう。
そうすれば、バベラは　ひとりで
とんで　いって　しまうから、だいじょうぶ！

ダスヴィダーニャ！
ハラショーは　ロシアごで、〈すばらしい〉。
ダスヴィダーニャは　〈さようなら〉です。

ケンタウロス

オリンピックの　ふるさとは　ギリシャです。
ケンタウロスの　ふるさとも　ギリシャです。
ケンタウロスは　じょうはんしんが
にんげんで、かはんしんは　うま。
もじどおり、じんば　いったい！

ばじゅつでは、ひとと　うまが　まるで
ひとつの　いきもののように　なって
いないと、きんメダルは　とれません。
でも、どんなに　がんばったって、ひとと
うまは　やっぱり　ひとつに　なれません。
だから、ケンタウロスには　かないません。

きんメダルを　とるのは　ケンタウロス。
だから、ケンタウロスは　だいじょうぶ！
　にんげんの　せんしゅでも、ぎんメダルか
どうメダルなら　とれるから、だいじょうぶ！
　ばじゅつは　うつくしさを　きそう
きょうぎです。あまり　かちまけに
こだわるのは　うつくしく　ありませんよ。

2
1
3

たっきゅうビン

たっきゅうビンは　おおきな　ビンの
おばけです。たっきゅうが　だいすきで、
オリンピックにも　しゅつじょうします。
けれども、ラケットは　もって　いるだけで、
つかいません。

OBAKEZUKAN

たっきゅうビンは　こちらの　スマッシュを
スポンと　すいこみ、ながい　くびを
みぎに　ひだりに、うえに　したに、
ねらいを　さだめ、スパーンと　ふきだします。

スパーン
SAITO

めにも　とまらぬ　スピードで、どこから
とんで　くるか　わからない　たまに
おどろいて、ぼうっとして　しまい、
めげて　やるきを　なくして　いる　うちに、
たちまち　ストレートまけ……。

そんな　ことでは、　いけません。
びっくりするから、　まけるのです。
やるきを　なくすから、　まけるのです。
だいじなのは、　ひごろの　たんれん！
わざを　みがき、　こころと　からだを
きたえあげましょう！

SAITO

れんしゅう、れんしゅう、
また　れんしゅう！
そうすれば、かならず　かてるから、
だいじょうぶ！
きんメダルが　あなたを　まって　います。

2
1
3

せんしゅむらの　ムーラムーラ

オリンピックの　せんしゅたちは
せんしゅむらで　せいかつします。
イケメンの　せんしゅが　せんしゅむらで
さんぽを　して　いると、そらから
くろかみの　びじんが　じゅうたんに
のって　おりて　きて……。

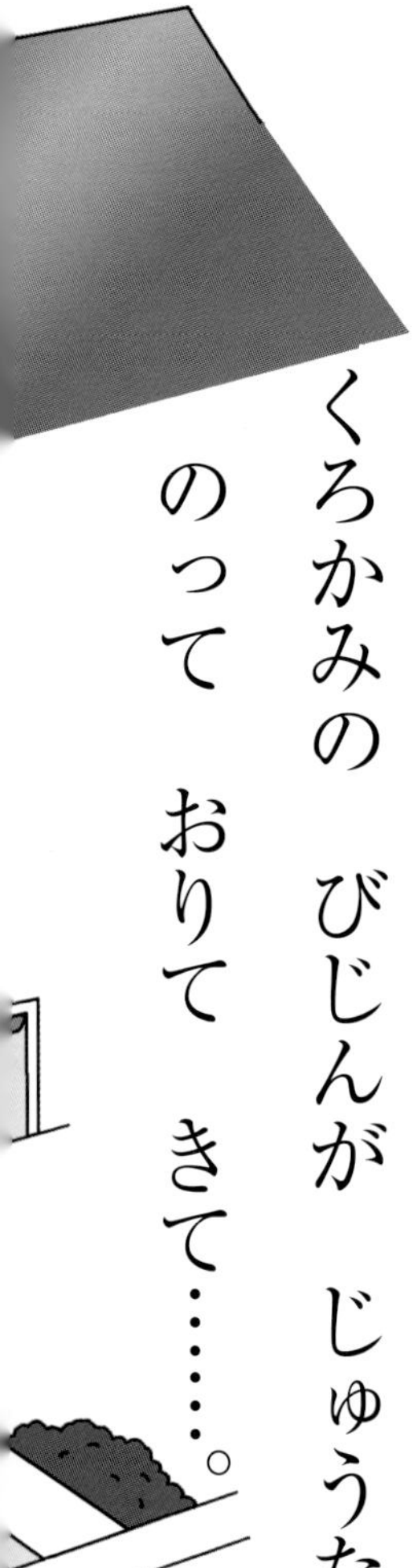

サラーム！　わたしと　いっしょに、
そらの　ドライブは　いかが？
すごく　いい　きもちよ。
サラームは　アラビアごで、〈こんにちは〉。

「そうですか？　それじゃあ、
せっかくですから、ごいっしょさせて
いただきましょう。
きょうは　しあいも　ないですし。」
なんて　いって、じゅうたんに　のったら、
もう　おしまい！

たちまち、じゅうたんが　くるくる　まかれ、
なかから　ぶきみな　おとが……。
そらから　おりて　きたのは、
せんしゅむらのムーラムーラ。もちろん
ふつうの　おんなの　ひとでは　ありません。
ふつうの　おんなの　ひとなら、じゅうたんに
のって、そらから　おりて　くる　はずが
ありません。

つぎに　じゅうたんが　たいらに　なった
とき、そこには、ムーラムーラしか
のって　いません。

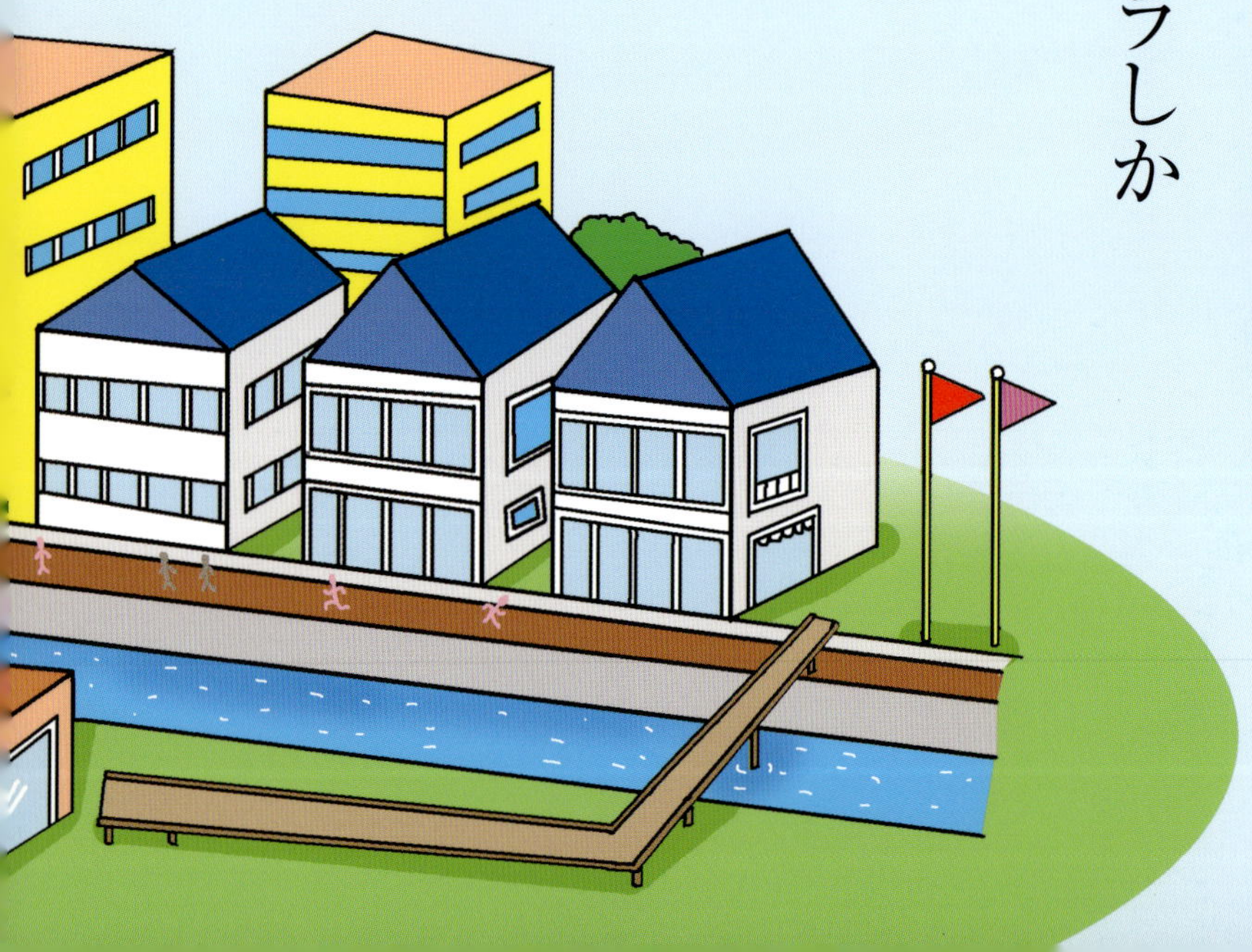

あやしく　さそわれても、じゅうたんに
のらなければ　だいじょうぶ！
おんなの　せんしゅは　さそわれないし、
おとこの　せんしゅでも、イケメンで
なければ、みむきも　されないから、
さいしょから　だいじょうぶ！

おことわりします。きんメダルは
じゅうたんの　うえには　おちて
いませんからね。

ビヨヨンぼう

ぼうたかとびに　つかう　ぼうが、いつの　まにか、ビヨヨンぼうに　すりかわって　いる　ことが　あります。

きづかずに、ビヨヨンぼうを　つかうと、てが　ぼうから　はなれなく　なり……。

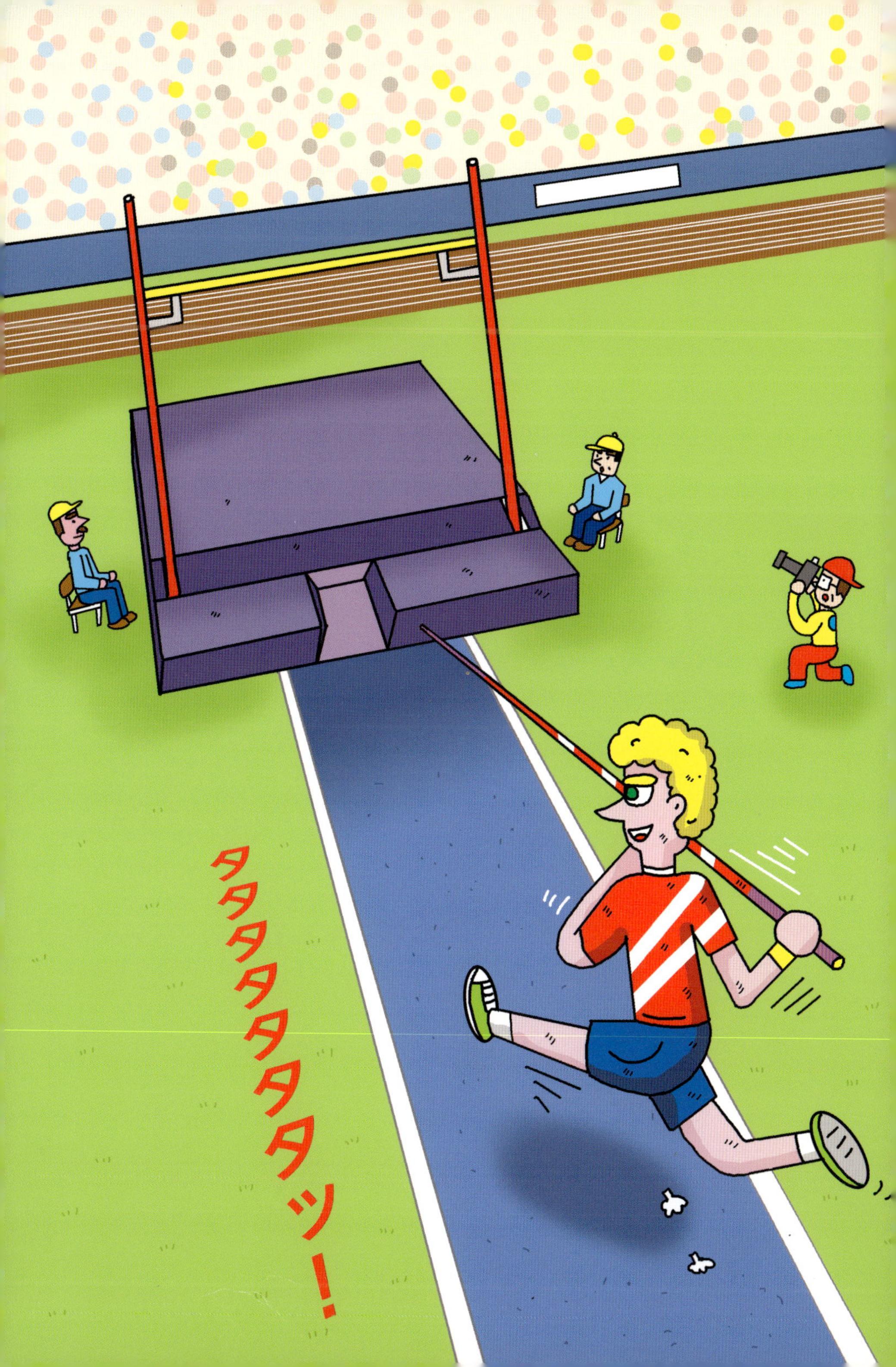
タタタタタタタッ!

ジャンプの　しゅんかん、ビヨヨンぼうは
ビヨヨーンと　あやしく　しなり、
ビヨヨン、ビヨヨヨーンと　はねまわり、
せんしゅの　からだごと　きょうぎじょうから
でて　いって　しまいます。
なんだ、それだけか……、なんて、のんきに
いって　いる　ばあいでは　ありません。

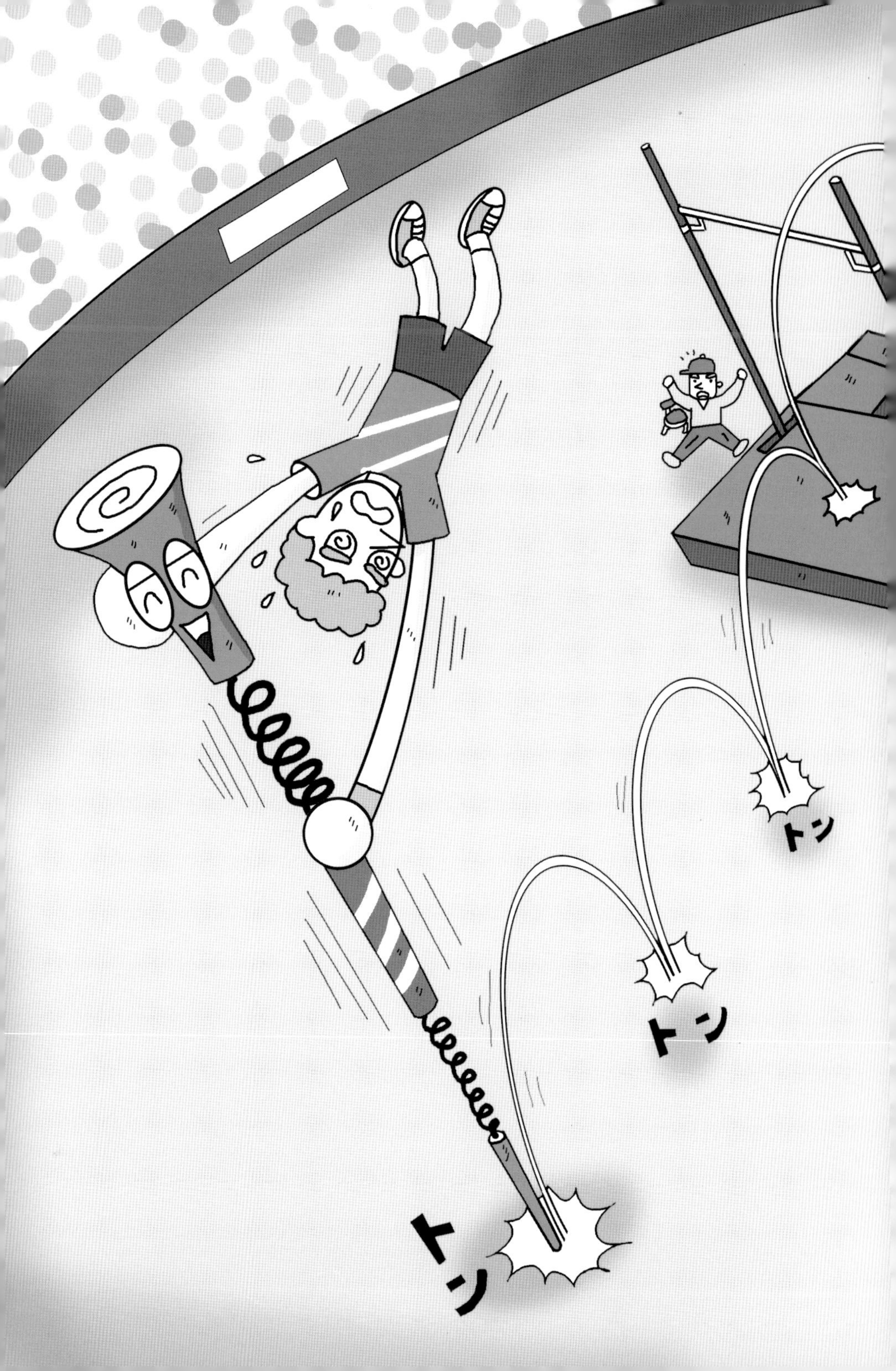
トン
トン
トン

せんしゅは　その　まま　ゆくえふめい。
つぎの　オリンピックには　でられません。
どうぐには　ちゃんと　なまえを
かいて　おき、つかう　ときには、しっかり
たしかめましょう。そうすれば、だいじょうぶ！

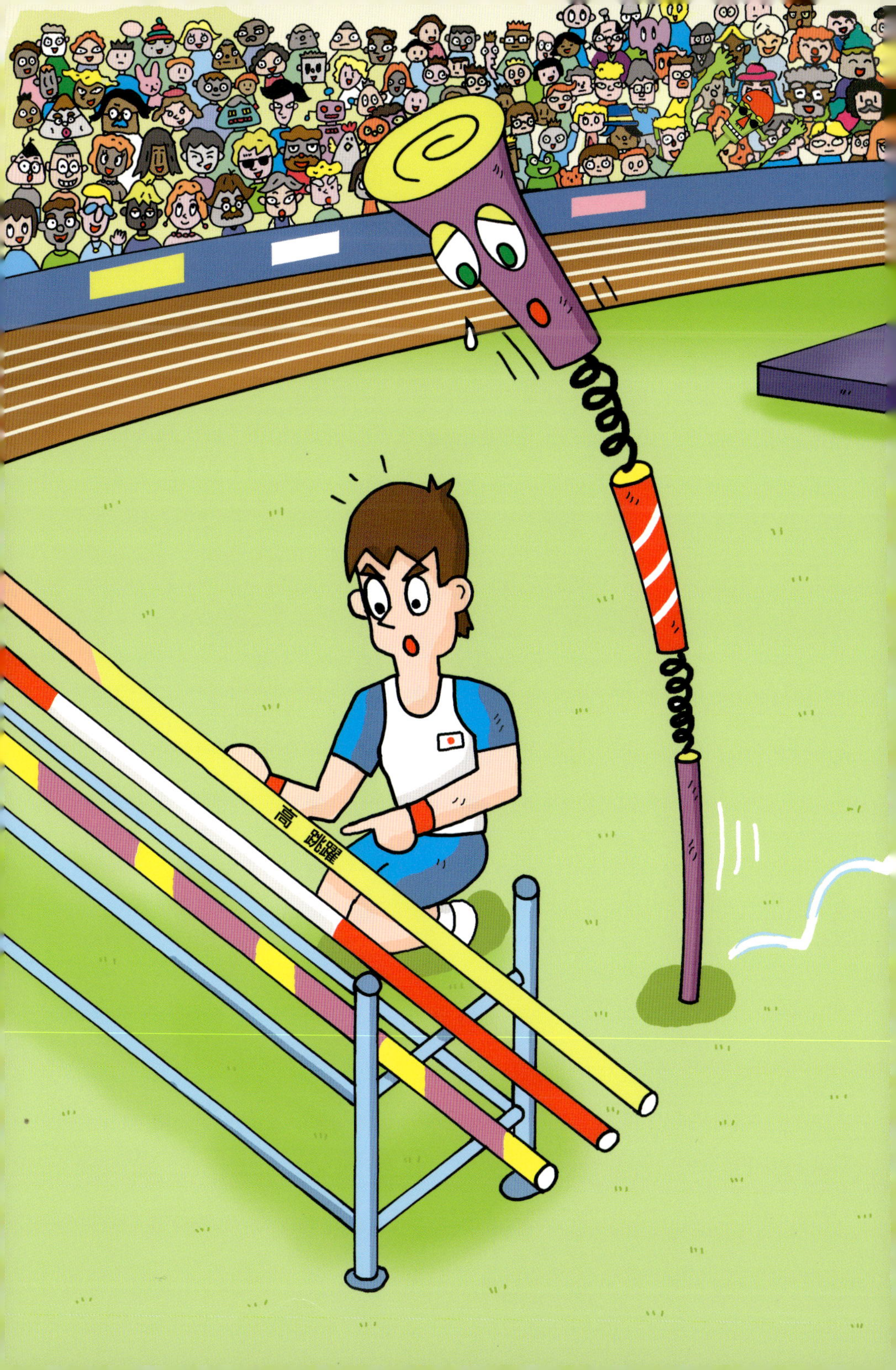
高跳躍

ばっきんメダル

はんそくして、それが　しんぱんに　ばれずに
ゆうしょうしても、ほんものの　きんメダルは
もらえません。
しらない　うちに、ばっきんメダルに
すりかわって　いるのです。

1
2
3

ばっきんメダルは、くびに　かけられた
しゅんかん、いろが　なまりいろに
かわります。そして、ずんずん　おもく　なり、
くびから　はずれなく　なって　しまうのです。

1

そう　なったら、おもい　メダルを　くびから
さげ、いっしょう　うなだれて
せいかつするしか　なくなります。
はんそくなんか　しなければ、だいじょうぶ！

あの　ひと、いんちきで　ゆうしょうした　せんしゅよ。
オー、ノー！　いやねえ……。

チンパンイン

やきゅうの　しあいで、チンパンジーの
おばけが　しんぱんいんの　なかに
まじって　いる　ことが　あります。
それは　チンパンインです。

OBAKEZUKAN
13

チンパンインは　キャッチャーの
うしろに　いる　きゅうしんを　するのが
だいすきです。
　きゅうしんは　まえかがみで　いる　ことが
おおいし、ぼうごマスクを　かぶって　いるから、
かおが　みえません。だから、それが
チンパンインだとは、だれにも　わかりません。

ストライク・スリー！
ズバッ！

しかも、チンパンインの　ジャッジは
にんげんの　しんぱんいんより
ずっと　せいかく！
まったく　もんだいが　おこらず、
しあい　しゅうりょう！
だから、だいじょうぶ！

ぶじに　ゲームセットに　なっても、ぼうしと　マスクで、あたまの　セットが　みだれて、まいるなあ。

バレーバレー

バレーバレーは　じょしバレーチームの
おばけです。
バレーバレーは、さいしょ、ふつうの
かっこうで　ふつうに　しあいを
して　いますが……。

おばけずかん
99
94
49
9

ふと　きが　つくと、ユニフォームが　かわり、バレーボールでは　なく、おどりの　バレーの　かっこうに　かわって　います。たいいくかんに、いきなり　ひびく　チャイコフスキーの〈はくちょうの　みずうみ〉！

バレーバレーが　おどりはじめます。

おばけずかん！

その　あまりの　うつくしさに、
あいてチームも、しんぱんいんも、
かんきゃくも、テレビの　カメラマンも、
みんな　うっとり……。
バレーバレーが　ひとおどりすると……。

ユニフォームは　もとに　もどり、
なにごとも　なかったように、しあいが
さいかいされます。
けっきょく　どちらの　チームが
かったのかって？

バレーバレーの　おどりの　いんしょうが
あまりに　つよく、しあいの　けっかは、
だれも　おぼえて　いません。

トレビアーン！　ほんと、すてきなバレーだったねえ。いったい　どの　くにのチームだったのかな。
さあ、どこの　くにかしら……。
トレビアンは　フランスごで、〈すばらしい〉。

作者・斉藤　洋

〔さいとうひろし〕

昭和二十七年、東京生まれ。おもな作品に、「ペンギン」シリーズ、『ルドルフとイッパイアッテナ』。オリンピックには、せかいじゅうから、ひともおばけもあつまりますよ。

画家・宮本えつよし

〔みやもとえつよし〕

昭和二十九年、大阪生まれ。おもな作品に、「キャベたまたんてい」シリーズなど。オリンピックでは、みえないだけで、おばけたちもいっしょに　さんかしているかも?

シリーズ装丁・田《た》名《な》網《あみ》敬《けい》一《いち》

どうわがいっぱい128

オリンピックのおばけずかん
ビヨヨンぼう

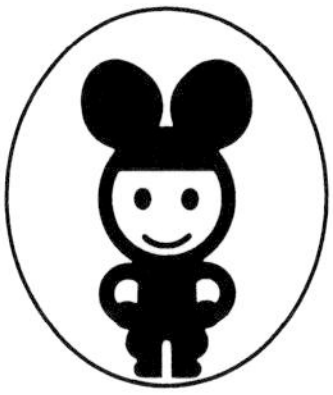

2018年11月19日　第1刷発行
2023年3月1日　第10刷発行

作者　斉藤《さいとう》　洋《ひろし》
画家　宮本《みやもと》えつよし

発行者　鈴木章一
発行所　株式会社 講談社
〒112-8001 東京都文京区音羽2-12-21
電話　編集　03(5395)3535
販売　03(5395)3625
業務　03(5395)3615
N.D.C.913　78p　22cm
印刷所　株式会社 精興社
製本所　島田製本株式会社
本文データ作成　脇田明日香

©Hiroshi Saitô/Etsuyoshi Miyamoto　2018
Printed in Japan
落丁本・乱丁本は、購入書店名を明記のうえ、小社業務までお送りください。送料小社負担にておとりかえいたします。本書のコピー、スキャン、デジタル化等の無断複製は著作権法上での例外を除き禁じられています。本書を代行業者等の第三者に依頼してスキャンやデジタル化することは、たとえ個人や家庭内の利用でも著作権法違反です。なお、この本についてのお問い合わせは、児童図書編集までお願いいたします。
定価はカバーに表示してあります。

ISBN978-4-06-513359-0

おばけずかんシリーズ

斉藤 洋・作
宮本えつよし・絵

うみの
おばけずかん

やまの
おばけずかん

まちの
おばけずかん

がっこうの
おばけずかん

がっこうの
おばけずかん
ワンデイてんこうせい

がっこうの
おばけずかん
あかずのきょうしつ

いえの
おばけずかん

がっこうの
おばけずかん
おきざりランドセル

のりもの
おばけずかん

がっこうの
おばけずかん
おばけにゅうがくしき

いえの
おばけずかん
ゆうれいでんわ

どうぶつの
おばけずかん

びょういんの
おばけずかん
おばけきゅうきゅうしゃ

いえの
おばけずかん
おばけテレビ

びょういんの
おばけずかん
なんでもドクター

こうえんの
おばけずかん
おばけどんぐり

いえの
おばけずかん
ざしきわらし

オリンピックの
おばけずかん

みんなの
おばけずかん
あっかんべぇ

こうえんの
おばけずかん
じんめんかぶとむし

オリンピックの
おばけずかん
ピヨヨンぼう

みんなの
おばけずかん
みはりんぼう

レストランの
おばけずかん
だんだんめん

しょうがくせいの
おばけずかん
かくれんぼう

えんそくの
おばけずかん
おいてけバスカイド

レストランの
おばけずかん
ふらふらフラッペ

まちの
おばけずかん
マンホールマン

がっこうの
おばけずかん
おばけいいんかい

おまつりの
おばけずかん
じんめんわたあめ

だいとかいの
おばけずかん
ゴーストタワー

まちの
おばけずかん
おばけコンテスト

がっこうの
おばけずかん
げたげたばこ

いちねんじゅう
おばけずかん
ハロウィンかぼちゃん

がっこうの
おばけずかん
2023年3月
刊行予定

まだまだ
つづくよ！